KB142203

오늘도 '나'를 안아주고 싶은 INFJ 비밀일기

나도 나를
잘 모르겠지만,
그 자체로
충분해

오늘도 '나'를 안아주고 싶은 INFJ 비밀일기

나도 나를
잘 모르겠지만,
그 자체로
충분해

나모 글·그림

비에이블
B.able

오늘도 생각이 많은 당신에게

우리는 서로 다른 마음가짐을 안고 살아갑니다. 그 속에서 각자 자기 이해와 인간관계에 해답을 찾기 위해 끊임없이 물음표를 던집니다. 이 여정에서 우리는 종종 스스로의 복잡함과 다양성 앞에 주저앉기도 합니다.

그런데 여기 'MBTI'라는 도구가 있습니다. 이 작은 네 글자는 우리의 성격을 네 가지 차원으로 나누어 표현합니다. 자신을 알게 하고 타인을 이해하는 데 작은 열쇠가 되어주는 겁니다. 단순한 알파벳 조합으로 보일 수 있지만, 그 안에 우리 속의 깊은 자아의 모습이 담겨 있기도 합니다. 우리의 성격을 다양한 유형으로 나눠놓음으로써, 서로 다른 사람들 간의 소통과 이해를 도모할 수 있습니다. 각각의 독특한 유형은 마치 서로 다른 언어로 말하는 것처럼 다양성을 인정하고 받아들인다면, 풍요로운 대화의 문을 열어줄 겁니다.

MBTI에 대한 열광은 단순히 자신에 대한 탐구만이 아닌, 서로에게 더 가까이 다가가고자 하는 진정한 욕망에서 비롯된 것이 아닐까 싶습니다. 이 책은 그 욕망에 한 발 더 앞서 가장 소수의 성격 유형에 대해 집중적으로 탐구하고 이해하고자 써 내려갔습니다.

바로 INFJ, 전 세계 1%밖에 안 되는 성격 유형을 위한 책입니다. 가장 드물기에 가장 이해받기도 어려운 그들의 이야기를 꾹꾹 눌러 담았습니다. 누군가에게는 공감되는 이야기가, 누군가에겐 삶의 물음표를 느낌표로 만들 힌트가 되길 바랍니다.

[프댕이 I INFJ]

호주에 사는 희귀동물 '웜뱃'인 '프댕이'.

평소에는 조용한 성격이지만 산불이 나서 위험한 순간에는

선뜻 나서서 자신의 집으로 친구들을 피신시키는 따뜻한 성격.

책 읽는 것과, 커피 마시는 것을 좋아하며

조용하게 사색을 즐기는 생각 많은 우리의 친구.

Part 1.

마음에 소음이 너무 많아서

Part 2.

이해하고 싶어서, 이해받고 싶어서

Part 3.

가장 위로하고 싶은 건 나였어

Part 1.

마음에 소음이 너무 많아서

당신도 INFJ인가?

세상은 다양한 성격으로 가득 차 있다.
그중에서도 INFJ는 가장 소수의 유형 중 하나이다.
이런 INFJ는 어떤 사람일까?

우선 강요하지 않고 마음을 움직이는 리더십을 가졌다.
주변을 민감하게 지켜보며, 공감 능력이 뛰어나고 눈치가 빠르다.
그래서일까? 거짓말과 가식을 쉽게 알아차린다.

이런 예민함은 관계 속에서 카멜레온처럼 상대에게 맞추게 만든다.
항상 상대방의 기분을 보살피며, 예의 바르게 상대를 대한다.
상대의 아픔을 당사자보다도 더 먼저 알아차리기도 하고,
상대의 장점을 찾아 독려하며 성장하는 걸 돕기도 한다.

어쩌면 당사자보다 더 그 사람의 마음을 알려고 노력한다.
하지만 정작 자신을 이해받는 것은 어려움을 겪는다.
그들은 생각이 너무 많고 복잡하며, 남의 생각은 잘 헤아리지만
자신의 생각은 자주 숨기기 때문이다.

자신이 타인을 이해하는 만큼 자신도 이해받고 싶지만
복잡한 내면 심리를 스스로도 설명하기가 어렵다.

그렇기에 '나'를 이해하는 사람은
'나'밖에 없다고 느낀다.
자주 외롭고,
가끔은 외딴섬이 된 것만 같다.

INFJ에게 공존하는 두 마음

그럴 수 있지 괜찮아

아니 근데 그럴 수 있냐?

문장 속에 담긴 거절 표현

좋은 것 같아요.

: 상대의 의견 존중 + 객관적으로는 괜찮은 것 같아요.

괜찮아요.

: 썩 좋진 않지만 나쁘지는 않아요.

생각해볼게요.

: 80% 확률로 거절 멘트.

…(침묵)

: 할말하않. 입 열면 나만 열 받으니 말을 말자.

정말 좋을 때는
진심으로 최상급 표현을 한다!

불길한 예감은 언제나 적중하기 마련

불길한 예감은 항상 빗나가길 바라지만,
현실은 그렇게 마음대로 되지 않는다.
눈치가 빠른 건 사실 축복이 아니라 저주 아닐까?

작은 행동에서 나오는 의도를 너무 빨리 알아차려서,
누군가의 마음을 알고 싶지 않아도 알게 된다.
이런 걸 혼자 알아차리는 경우가 많은 게 문제.
어디 말할 수도 없고 공감받기도 어렵다.

오히려 예민한 사람 취급받거나,
나만 이상한 애 되니까.
알면서 모른 척 넘어갈 때가 많다.

가끔은 눈빛이나 말속의 가시를
남들보다 빠르게 알아차리는
내가 너무 이상한 건 아닐까.
자괴감이 든다.

하지만 자책할 필요 없다.
다른 사람에게는 보이지 않는 것을
발견하는 뛰어난 눈을 가진 셈이니까.

내 일상의 사소한 버팀목

"오늘도 고생 많았어."
"그랬구나."
"밥은 먹었어?"
"잘했다."

"왜 이렇게 잘해?"
"너한테 많이 배워."
"네 덕분이지, 뭘."
"수고했어."
"푹 자."

내 삶을 버티게 해준 건
대단한 무언가가 아니라
이런 말들이었다.

농담을 어려워하는 이유

미묘한 감정의 파동을 민감하게 느끼는 사람은
거짓이나 가식을 쉽게 구분한다.
말속의 긴장과 불안을 감지하기 때문이다.

하지만 농담은 비교적 가볍고 큰 위화감이 없기에
진심인지 농담인지 구분하기 어렵다.
농담에도 진심이 섞여 있을 수 있기에
그 사람의 의도를 생각하느라 뚝딱거린다.

좁은 인간관계를 진지하게 생각하고
유지하려다 보니 대화도 항상 진심이다.
생각이 많아서 재밌게 반응하려다가
로딩 시간이 길어져 반응을 못 하고 넘길 때도 많다.

'내가 너무 진지한 걸까?' 고민이 될 때도 있다.
하지만 당신은 상대의 말을 가볍게 웃어 넘기기보다는,
감정에 집중하며 진중하게 듣고 있는 사람이다.

그러니 너무 걱정하지 말길.
사람들은 그런 점 때문에 당신과 대화하고 싶을 테니까.

INFJ의 생각 VS 말

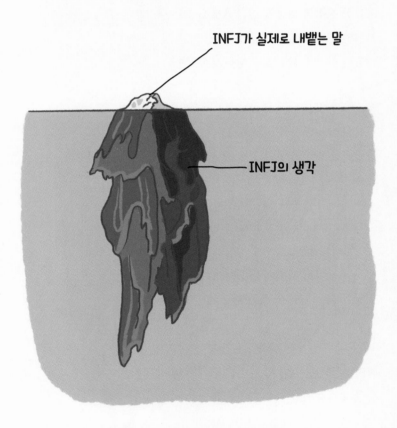

INFJ가 실제로 내뱉는 말

INFJ의 생각

보이는 것보다 의외의 면모가 많다

사회생활을 힘들어하지만,
실제로 아주 잘하는 편이다.
상대방을 잘 맞춰주고, 눈치도 빠르고,
뭐든 열심히 하기 때문인데
자기 몫도 잘하려 해서 어딜 가든 평판이 좋다.

스스로 친구가 별로 없다고 생각하지만,
의외로 주변에 사람이 많고 잘 지낸다.
은근 놀리는 타격감이 좋은 허당 면모도 있다.

자기 발전이나 명예에 대한 갈망도 있고
노력파라 자기 분야에서 성공하는 사람이 많다.
하고 싶은 게 생기면 끝까지 파고드는 편.
덕분에 다재다능하고 할 줄 아는 게 많다.

의외로, 사실은 아주 당연히
누구보다 잘해내고 있다.

사회라는 시험장, 사회생활이라는 시험

사회가 종종 무리한 시험장처럼 느껴질 때가 있다.
다른 사람들처럼 쉽게 흘려보내지 못하고,
작은 것 하나에도 큰 감정을 품을 때,
마음이 너무 고되고 무겁다.

때로는 이런 나의 성격이 약점처럼 느껴지고
사회생활과 맞지 않는 사람이라 생각될 때도 있다.

하지만 아니다.
따뜻한 이해와 공감 능력은
사회의 다양한 사람들을 연결하는 다리가 되고,
그들을 조화롭게 만들어 준다.

다른 이들이 간과하거나 무시하는 부분까지
주의 깊게 살피는 사람은
문제를 사전에 방지하고
해결책 도출을 가능하게 한다.

무엇보다도, 끊임없이 자기 자신을 돌아보고
노력하는 사람이다.
이러한 자세는 어디서나 귀중하며,
그 능력과 노력은 많은 사람에게 인정받을 만한 가치가 있다.

나는 나만의 특별한 역할과
자리가 있음을 잊으면 안 된다.

나를 행복하게 만들어주는 것

혼자만의 여유.

집.

사람보다는 동물.

고요함.

적당한 밝기의 은은한 무드등.

심오하고 본질적인 대화.

사랑받는 것.

누군가 은근히 귀여워해주는 것.

예술적인 것, 아름다운 것.

음악과 여행.

내 말에 잘 웃어주는 사람.

그렇게 내성적이지 않아요

혼자 있는 걸 좋아하는 사람들은
스스로 '내성적'이라 생각하지만

실제로는 평화로운 것을
좋아하는 것이고

자기에게 평화는 가져다주는
사람에겐 '외향적'으로 변한다.

내가 제일 자주 하는 말

"어쩔 수 없지."
"그럴 수 있지."
"괜찮은 거 같아."
"어쩌겠어, 내 일인데."
"난 괜찮아."

스스로에게 자주 한 말들이었다.
정말 괜찮다며 나를 다독이며 위로하곤 했다.

다른 이들에게 걱정을 끼치지 않기 위해
혹은 나의 약한 모습을 보이고 싶지 않아서,
약속된 표면의 나를 유지하기 위해 자신을 속이기도 했다.

어쩌면 나는 정말로 괜찮았던 게 아니라
괜찮아 보이고 싶었던 게 아닐까?
이런 노력이 불필요한 압박을 가했는지도 모른다.

이제는 스스로에게 말해주자.
"괜찮지 않아도, 그래도 괜찮아"

INFJ의 표정 변화

기준선이 두꺼워지는 이유

사람에 대한 상처가 많기에
자꾸만 사람을 가리게 되고
스스로 상처받지 않게
사람에 대한 기준선을 만든다.

그래서 내가 하는 행동은 대부분
상처받지 않기 위해 할 때가 많다.

더불어 남에게 하는 행동은
내가 받고 싶어 하는 것들이 대부분인데

'이해받는 것'과 '배려받는 것'이다.

왜 이러는지 나도 잘 모르겠어

깊은 생각을 품은 당신의 사고는
마치 우주를 넘나드는 별처럼 자유로울 것이다.

하지만 이런 생각들을 말로 표현하려 할 때,
입술에서 뱉는 것부터 어려워서
뇌가 막힌 듯한 순간이 올 때가 있다.

이럴 때면 가끔 자신에게 의문이 들기도 한다.
"왜 생각은 많은데 말하려면 안 나올까?" 하고 말이다.

사실 이것은 당신이 신중한 사람임을 나타낸다.
말하기 전에 스스로를 신중하게 검토하며 생각한다는 건
말을 내뱉었을 때 영향력과 가치를 이해하고 있다는 뜻이다.

그러니 말을 하기 전에 생각하고 말을 다듬게 되는 것이다.
자신을 과도하게 걱정하지 않아도 된다.
말은 뱉는 것보단 신중하게 사용할 때 빛을 발한다.

외로움과 고독은 한끗 차이

타인을 필요로 하는 '외로움'보다는
타인이 나를 필요로 해도 선을 긋는 '고독'을 더 느끼는 편.

누구에게도 이해받지 못하는 느낌이 찾아올 때,
차라리 혼자를 선택하는 편이 낫다.
스스로를 믿는다면 적어도 상처 입을 일은 없으니까.

세상에 의지할 사람은 '나'뿐이고
그러다 보니 점점 스스로에게 엄격해진다.

혼자 세상을 버티려면
점점 더 각박해질 수밖에.

신이 INFJ를 만들 때

어색함을 넣고

공감 능력과
통찰력은 많이 많이

생각과
불안과 고독은
아주 조금만...

으아아ㅇㅏ 아악

휴식을 찾는다는 건

우리의 삶은 하루 종일 사용하는 전자기기와 닮아 있다.
바쁜 일상은 우리의 에너지를 소모하고
피로와 스트레스로 우리를 고갈시킨다.
이런 일상 속에서 휴식은 더 이상 선택이 아닌,
내부 배터리를 충전하는 필수 과정이다.

모든 이에게 휴식은 절대적으로 필요하다.
전자기기가 충전되어야만 사용할 수 있는 것처럼,
우리에게도 충전이 필요하다.

그러나 아이러니하게도 알 수 없는 죄책감에 시달린다.
휴식을 허송세월로 여기고, 달려가는 타인과 자신을 비교하며
자신의 쉼을 불안하다고 여긴다.

하지만 휴식은 성장하기 위한 필수적인 연료이다.
휴식으로 지친 몸과 마음을 회복하고, 더 나은 삶을 살아갈 수 있다.
쉬는 것을 더 이상 불안하게 여기지 말자.
현재의 휴식은 삶을 낭비하는 것이 아니라,
당신을 더 나아가게 하기 위해 스스로 투자하는 시간이니까.

이유 없이 일상이 버거울 때

트라우마의 상처는 딸꾹질과 같다.
분명 괜찮았는데
어느 순간 갑자기 튀어 올라
한참을 괴롭힌다.

분명 웃고 떠들고 즐거운 순간이었는데
갑자기 튀어나와 불편하게 만든다.

내가 이상하게 느껴지고
스스로가 싫어져 자꾸만 숨죽여
멈추기만을 기도하게 된다.

언제 멈출지도 모르고
언제 다시 튀어나올지도 모른다.

그냥 그렇게 당하다가
어느 순간 멈추면 아무렇지 않게
또 일상을 살아야 한다.

괜찮은 척, 아무렇지 않은 척

INFJ는 '척'의 달인이다.
아무 문제없고 괜찮은 척.
무너지지 않은 척.

사실 이건 어디까지나 겉모습일 뿐.
누구보다 방어기제로 똘똘 싸매고
상처받지 않기 위해 자신을 숨기고 있을 뿐이다.

사실은 마음 다치기 쉽고
자책도 많이 하기에
누구보다 보살핌이 필요하다.

누군가에게 이런 보살핌을 요구하기도
바라기도 어렵단 걸 알아서
오늘도 다친 마음을 숨기고
혼자서도 괜찮은 '척'을 하곤 한다.

마음을 정리할 때

남의 일을 자기 일처럼 돕다가도
멈추기 시작하는 순간이 있다.
바로 '마음을 정리할 때'.

공감보단 논리와 이성이 작용하고,
이해나 리액션이 줄어들고,
사실이나 이성적 사고 위주로 생각한다.

한 발짝씩 거리를 두며 함께하는 시간이 줄어든다면
그건 당신과의 사이에 거리가 생긴 것이다.

어쩐지 힘들어 보인다면 혼자 두세요

분노가 들끓고 짜증이 많아 보인다면
혼자 있을 시간이 필요한 것이다.

혼자서 머리를 식히면
자기 객관화하며 상황분석에 들어간다.
그러다 보면 알아서 기분도 풀리고
상황도 냉정하게 보게 되며
웬만한 스트레스는 극복하며
원래 상태로 돌아간다.

단, 생각해보니 객관적으로 상대가 잘못했다면
냉정한 팩폭러가 될 수도 있다.

열등감 외면하지 않기

열등감이란 자신이 남보다 못하거나
부족하다는 생각에서 오는 마음이다.

생각이 많아 삶이 복잡한 것도
열등감이 크고 자책하는 성격이기 때문일 것이다.

열등감이란 인간의 본능이다.
남들보다 발전해야 도태되지 않기 때문에
충분히 자연스러운 감정이다.

사실 열등감은 모든 사람이 겪지만
그걸 어떻게 해소하냐가 중요하다.

유용한 열등감은 성장을 만들어나가지만
그걸 올바르게 해소하지 못하면 공격성이 된다.
남을 원망하거나 깎아내리고 싶어 하는 콤플렉스가 된다.

열등감을 외면하지 말고
올바르게 해소하는 방법을 터득하자.
나의 가치를 높이는
발전의 동기가 된다.

생각이 많은 이유

말수가 적고 생각을 드러내지 않는 I.
상상력이 풍부한 N.
감성과 공감 능력이 풍부한 F.

이런 조합은 생각이 많고
자유롭게 상상해야 하는데

모든 걸 통제하고 판단하며 계획하려는 J가
끼어들면서 각각의 특징들이 자꾸만 부딪힌다.

생각은 많고 그것을 판단하고 결정지으며
통제하고 정리하며 결론지으려다 보니
생각은 꼬리의 꼬리를 물게 되는 것이다.

사실 INF+J 조합 자체가 모순적이어서
전 세계에서 가장 드문 유형이 되는 것이다.

INFJ의 생각과 감정 말하기

내 사람에게만
생각과 감정 말하기

그걸 듣는 소수의 몇 명

세상에서 가장 소중한 1%

INFJ는 조용하면서도 내면은 강인하며,
다른 사람에게 의존하지 않는다.
스스로를 믿는 강인한 성격을 지녔다.
그러나 그런 성격은 형성되는 환경이 특이하기 때문에
세상에서 1%밖에 없는 가장 소수의 유형이 된다.

인류애를 가지면서 타인을 쉽게 믿지 않는
모순적인 특성을 갖추기 위해
억압과 동시에 사랑받는 환경에서 자랐을 것이다.

또한 인간에 대한 고찰을 깊게 할 수밖에 없는 경험들을 통해,
다른 이들의 어려움을 이해하는 공감 능력을 길렀을 것이다.
그 결과 누구보다도 따뜻하지만, 외롭고 쓸쓸해 보인다.
그들의 인생이 순탄치만은 않았을 테니 말이다.

이제는 그들의 삶이 역경이 아닌
있는 그대로 이해하고 공감해줄 사람들과 함께
햇살 같은 따뜻함으로 채워지길 바란다.

추운 밤 따뜻한 물에
몸을 담글 때처럼,
어딘가의 따뜻함이 충분해지길.

목표와 이상향의 괴리감

성숙한 사람이 되는 것이
어쩌면 실질적인 목표라 할 수 있다.
그런데 항상 이상향만큼 성숙하지 못한
나를 탓하게 된다.

'성숙한 사람'이란 사실 존재하지 않는다.
완전한 성숙함은 정의할 수 없고
각각 개인의 기준치도 다르기 때문이다.

스스로 부족함을 인정하고 나아가는 사람과
스스로 부족함을 부정하고
외면하는 사람이 존재할 뿐이다.

틀리지 않고 다른 기준이니까.
성숙함이란 평생 나아갈 여정이다.

혼자만의 약속

INFJ는 스스로에게 많은 규칙과 선을 만든다.
일상의 작은 루틴부터 인간관계까지
스스로만 아는 자신과의 약속을 만든다.

사소한 규칙이 많은데,
잠잘 때 자세라든가 맞춤법 검사하기처럼
일상생활에 녹아 있는 규칙이다.

대부분 스스로 절제하고 통제하기 위한 것인데
이런 것들은 당연히 발전을 도모하지만,
답답하게 만들거나 자책을 느끼게 한다.
하지만 걱정하지 않아도 된다.

가끔 이런 규칙을 무시할 때
묘한 카타르시스를 느끼니까.

INFJ를 겁먹게 하는 법

예민한 것처럼 느껴지나요?

INFJ는 대부분 'Highly Sensitive Person(HSP)'에 해당한다.
전 세계 15~20%의 매우 예민한 사람들이다.

시간을 머릿속에서 보내는 데 집중해서 외부 자극에 약하다.
밝은 형광등, 시끄러운 소리, 산만한 움직임까지.
불편한 자극이 남들보다 더 큰 스트레스로 다가온다.

다른 사람의 감정이나 불안도 예민하게 감지한다.
타인의 감정을 이해하는 '거울 뉴런 활동'이 활발하기 때문.
공감 능력이 뛰어나고, 갈등 해결과 영감을 주는 데 능하다.
자신보다 남의 일을 우선시하기도 한다.

이토록 신경을 많이 쓰고
남들보다 자극에 많이 노출되기 때문에,
쉽게 피로해지고 쉽게 지친다.

보통 이런 성격은 완벽주의로 이어진다.
마음의 안식처나 스트레스 해결법을 찾지 못하면,
우울증이나 번아웃에 노출되기 쉽다.

나의 인생에 집중하길

남을 험담하고 가십거리를 즐기며
본인을 치켜세우고 자랑하는 사람은
자기 인생은 따분하고 재미없는 사람이다.

본인의 인생이 풍부하고 행복하면
남을 험담할 시간이 없다.
굳이 자신을 내세우고 꾸미며 자랑할 필요도 없다.

만약 남을 탓하기보단 자신을 돌아보고
본인을 치켜세우기보단 타인의 장점을 발견하고 칭찬한다면,
누구보다 인생을 알차고 성실하게 살아가는 중이다.
그러니 무엇보다 나의 인생에 집중하길!

쉬는 게 왜 불안할까

쉬는 것도 잘해야 하는데
자꾸만 불안하고
스스로가 한심하게 느껴진다.

자꾸만 내가 뒤처지는 느낌.
뭔가를 하지 않고 계획하지 않으면
안 될 것 같은 느낌이 든다.

사실 휴식하지 않는 사람은
브레이크 없이 달리는 자동차와 같다.

더 오래 달리기 위해선 나를 살피고
잠시 멈출 줄도 알아야 한다.
쉬는 것도 연습이 필요하다.

다친 만큼만 아파하기

넘어졌으면 넘어진 자리가 아프고
속상한 정도로 끝내야 하는데
우리는 그 사실에 대해 끊임없이 고뇌한다.

"내 인생이 그렇지, 뭐"
"난 왜 이렇게 재수가 없지?"
"내가 너무 부주의해서 그런가?"

항상 다친 것 이상으로
아파하고 괴로워한다.

아픈 것을 그대로 받아들이자.
그저 잠시 넘어졌을 뿐이고,
그래서 아플 뿐이다.
다친 만큼만 아파하자.

어디든 흘려보내기

사람은 잠자는 시간을 제외하고
하루에 무려 5만 가지 넘는 생각을 한다.

그중 85%는 부정적인 생각이고
15%는 긍정적인 생각이다.
또한 95%는 지난 과거에 대한 생각이다.

이것은 자연스러운 일이지만
가끔 사람들은 부정적 사고를 붙잡으며 착각한다.
나는 너무 부정적인 사람이라고.

생각의 심연까지 파고 들며
이런 생각을 더 많이 자주 하게 된다.

하지만 그렇지 않다.
그저 그 생각을 붙잡았기 때문에
자꾸 길어지는 것뿐이다.

부정적 생각을 붙잡지 않고
하루에 하는 '5만' 가지 생각 중
'하나'로 흘려보내야 한다.

부정적 생각을 잘 흘려보내면,
내일은 새로운 5만 가지 생각들이 찾아온다.

결국엔 행복할 수밖에 없는 이유

삶은 굴곡의 연속이다.
가끔은 누군가 우리를 시험하듯
힘든 일들이 한꺼번에 일어나며
세상을 흔드는 것만 같다.

그럼에도 잠깐 힘든 지금 순간의 시간이
긴 인생의 시간을 모두 흔들 수는 없다.
세상이 아니라 그저 순간일 뿐이다.

지금의 힘듦은 대부분
길어봤자 며칠에서 몇 달이고
우리는 평생을 행복을
꿈꾸며 살아왔기 때문이다.

모든 것은 지나가고 잊히기 마련이다.
가끔은 찰나가 아쉽고 붙잡고 싶기도 하지만,
그 덕에 분명 불행도 지나가고 희미해질 것이다.

내가 내 편이잖아

우리는 가끔 남들과 나를 비교하며
스스로가 뒤처졌다 생각하고 자책한다.
그럴 땐 스스로 이렇게 말해주자.

"무슨 소리야."
"잘하고 있으면서!"
"자꾸 남들이랑 비교해서 그래."
"너의 인생이야."
"너만의 속도와 길이 있는 거야."
"달리지 않아도 괜찮아."
"쉬었다 가도 돼."

"꾸준히 나아가고 있으니
그 자체로 충분해!"

마음이 극과 극인 이유

사람을 싫어하지만, 주변을 돕는 것처럼
양극단의 마음을 가지는 이유는 의외로 간단하다.

'타인을 이해하는 능력'이 뛰어나서이다.

알기 싫어도 타인이 왜 저렇게 행동하는지
자연스럽게 파악되기 때문이다.

그 사람의 이기심도 보이지만
아픈 구석도 아니까 이해도 해주는 것.

이렇게 타인의 감정까지 강제로 공감해서
어쩔 수 없이 남을 돕고, 스스로 피곤해진다.

나와 같은 사람

'나는 남들과 왜 이렇게 다를까?'
'왜 아무도 내 생각을 인정해주지 않을까?'
'내가 너무 예민한 사람인 걸까?'

어린 시절부터 질문들이 항상 마음 구석에 머물렀다.
내가 남들과 다르다는 걸 알게 된 후,
겉보기에 남들과 비슷해 보이려 노력했다.

눈치가 늘고, 상대방에게 맞춰주게 됐지만
마음을 전부 주고 믿을 수 있는 사람이 드물어졌다.

이런 내가 속마음을 공유하지 않는 건 당연한 걸까?
가끔은 가면 뒤에 숨겨진 나의 진짜 모습을
스스로도 알기가 힘들다.

본질 덕분에, 본질 때문에

INFJ는 무엇보다 '본질'이 중요하다.
대화할 때도 말의 표면적인 의미보다는
그 말을 하게 된 원인이나
인과관계에 초점을 둔다.

단순히 교류를 위한 근황 대화보다는
감정이나 가치관, 취향 등을 알 수 있는
본질적인 대화를 좋아한다.

연애도 외로움을 달래기보다는
본질적이고 진실된 사랑 그 자체를 꿈꾼다.
인간관계도 본질적으로 개선되지 않는
관계라는 판단이 서면 포기하는 편이다.

이런 본질의 중요성이 인생에 도움이 되기도 하지만,
가끔 외로워지는 이유가 되기도 한다.

INFJ 내부 구조도

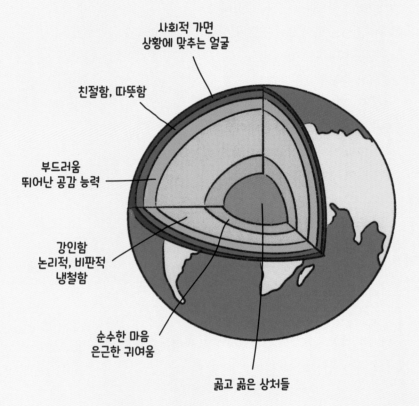

사회적 가면
상황에 맞추는 얼굴

친절함, 따뜻함

부드러움
뛰어난 공감 능력

강인함
논리적, 비판적
냉철함

순수한 마음
은근한 귀여움

굵고 굵은 상처들

INFJ가 지구라면

외벽

따뜻하고 온화해 보이는 겉치레 얼굴.

웬만한 인간관계는 여기서 컨트롤한다.

사회적 얼굴.

얼음층

외벽에서 좀 더 다가오려고 하는 사람들에게 선 긋는 곳.

친절한데 거리감을 느끼게 만든다.

온열층

자기 사람들에게 보여주는 따뜻하고 자상한 모습.

여기까지 오면 큰 잘못을 하지 않는 이상 참고 이해해준다.

가시층

남들에게 보이기 싫어하는 예민함과 까칠함, 고뇌, 감정 기복.

스스로를 괴롭히는 원인이지만, 내핵을 지키는 곳이기도 하다.

내핵

가장 순수하고 솔직한 자기 자신의 모습.

상처를 잘 받아서 가장 안쪽에 숨기다가 자기도 가끔 잊는다.

숨겨진 에너지

우리는 가끔 예상치 못한 힘을 발휘한다.
특히 INFJ에게서 두드러지게 나타나는 현상이다.
INFJ들은 평소 신중하고, 깊은 사색에 잠겨 있는 성격이지만
극한의 상황에서는 전혀 다른 모습을 보여준다.

그들을 잡아먹던 망설임과 고민은 사라지고,
기계처럼 정확한 판단과 최적의 효율을 보여준다.
이들은 이때 스스로도 놀랄만큼 주저하지 않고
논리적으로 빠르게 일을 처리하게 된다.

실제로 생각이 깊고 완벽을 추구하는 사람일수록,
그 많은 생각이 오히려 행동을 방해할 수 있다.
생각은 지도와 같고, 행동은 그 지도를 따라 항해하는 배와 같다.
목적지에 도달하기 위해서는 생각과 행동 둘 다 필요하다.

이 꽉 깨물기

요새 무의식적으로 이를 악문다.
스트레스가 쌓이면 이를 더 악물고
일에 더 몰두하는 습관이 있는데,
지금이 그런 것 같다.

모두 다 잘해내고 싶은데
항상 마음 같지는 않다.
나의 욕심이 한계를
거칠게 넘어서는 것 같다.

SNS만 켜도 남들보다 성공하는 법,
돈 잘 버는 법은 화면 속 가득해서
자꾸만 뒤처지는 기분이 든다.

왜 제대로 쉬는 법과 놓는 법은
아무도 알려주지 않는 걸까.

속도 조절이 필요해

사실 잘 모르겠다.
누가 뒤에서 쫓아오듯 뜀박질하며
바쁘게 살아가는데

숨을 헐떡이며 살아가는 매일이
'나'를 위한 건지
남들에게 보여주기 위한 '나'인 건지

이제는 그냥 정신없이 뛰다가
내가 왜 달리고 있었는지도 까먹은 채
멈추지도 못하고 헐떡이며
다리만 내딛고 있는 것 같다.

INFJ 마음의 벽

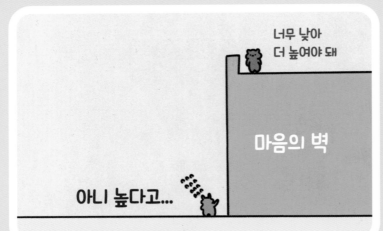

사실 높다는 자각은 있다

Part 2.

이해하고 싶어서, 이해받고 싶어서

가스라이팅에 가장 강한 MBTI

INFJ는 눈치가 빠르고 직감이 좋다.
누구보다 자기 객관화를 잘하고 주관이 뚜렷하다.

잘 받아주는 성격상 가스라이팅에 노출되기 쉽지만
오히려 데이터가 많아 당할 확률이 낮다.

그래서인지 누군가 가스라이팅을 시도하면
객관적으로 내가 그런지 분석하고,
아니면 아니라는 판단이 누구보다 빠르다.

남을 의존하지 않고 매우 독립적이라
이상한 의견은 절대 수용하지 않는다.

하지만 가스라이팅인 걸 알아도
처음엔 그냥 적당히 모르는 척해주고,
정도가 심해지면 반박하며 점점 무뚝뚝해진다.

답이 없다면 누구보다 빠르게 손절해서
상종도 안 해주니 주의하길.

인생은 찰칵

인생은 필름 카메라 같다.
웃으며 살고 있으면
언젠가 웃고 있는 사진이
인화되어 돌아오고

화내고 남을 미워하면
화난 모습이 인화되어
삶의 한 페이지를 장식한다.

삶의 모든 페이지가 미소를 주진 않지만
더 많이 웃으려고 노력하고
행복을 찾으려 노력할수록
삶의 페이지들이
기쁨으로 기록될 것이다.

솔직한 이상형

진정한 친구와 이상형은 같다는 말이 있다.
오랜 친구처럼 서로의 침묵을 이해하고
서로의 말을 진심으로 들어줄 수 있는 사람.

그래서 자신을 이해할 수 있는
비슷한 사람을 찾는지도 모르겠다.

공감 능력 좋고 다정하고 이해심 깊은 사람.
내가 평소에 남에게 해주는 걸 비슷하게 해주는 사람.
그들이 타인을 기쁘게 하려고 노력하는 것처럼
좀 더 긍정적인 밝은 빛으로 채워줄 수 있는 사람을 원한다.

좋은 점 몇 가지를 가진 사람보다는
크게 거슬리는 점이 없는 조화로운 사람.
어쩌면 INFJ의 이상형은 자신을 이해해줄 수 있는
소울메이트 같은 존재일지도 모르겠다.

INFJ의 생각과 말

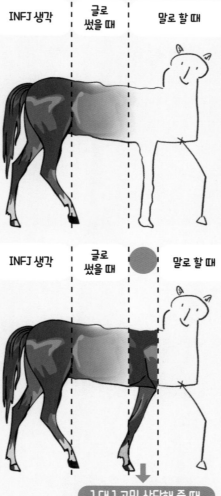

INFJ 생각　글로 썼을 때　말로 할 때

INFJ 생각　글로 썼을 때　말로 할 때

1 대 1 고민 상담해 줄 때

자꾸 한 걸음씩 멀어진다면

누가 잘못을 저지르고
용서를 빌면 대부분 용서해준다.

하지만 상대에게 실망할 때마다
마음속에선 한 걸음씩 멀어지는데,
친밀도가 마치 척도 위의 숫자처럼 감소한다.

친한 친구가 그냥 아는 친구가 되거나
절교 단계까지 가면 화내고 원수가 되는 게 아니라,
그냥 지나가는 행인이 되는 것.

관심조차 없어지고,
그냥 모르는 사람에게 하듯이
기본적인 예의만 갖춘다.

사실 사람들의 사과를 받아줄 뿐
용서하지 않는다.

가장 크고 오래가는 상처

누군가 삶에서 특별한 의미를 지녔다는 건
그만큼 더 깊은 상처를 남긴다는 뜻이기도 하다.

인간관계에 신중한 사람일수록
'내 사람'인 사람들의 비중은 너무도 크기에
그 빈자리 또한 쉽게 무시할 수 없는 크기가 된다.

그 공허함의 크기를 채우기라도 하려는 것처럼
스스로를 탓하는 마음과 왜 이렇게 되었는지에 대한
의문이 머릿속을 가득 채운다.

그런 경험들이 마음의 벽을 더 두껍게 세우게 만들고
인간관계를 더 조심스럽게 만들게 되는 거 아닐까?
같은 상처를 반복하고 싶지 않으니깐.

마치 깨져버린 유리잔처럼,
한 번 깨진 관계는 어떻게 붙이려 해도
다시 원상태로 돌릴 수 없는 것일지도 모르겠다.

INFJ가 좋아하는 칭찬

1. '귀엽다'는 칭찬
2. 업무 능력 칭찬
3. 이유가 구체적이고 세세한 칭찬
4. 작은 배려를 알아채고 해주는 칭찬
5. 노력을 인정해주고 알아주는 칭찬
6. 웃기다, 센스 있다 등 내 말에 웃으며 해주는 칭찬
7. 나만의 특별함을 알아주는 칭찬
8. 그냥 인사치레가 아닌 진심이 담긴 칭찬

INFJ 칭찬할 때 주의점

칭찬받으면 마음과는 다르게
기쁨을 표현하기보단 뚝딱거린다.
사실 이러는 건 싫어서가 아니라 부끄러워서다.

은연중에 은근슬쩍, 부담스럽지 않은
칭찬이 그들에게 더 잘 먹힌다.
겸손하고 싶어 티 안 내는 INFJ이지만
본인의 노력을 알아준다면 너무 고마워한다.

그 칭찬을 가슴에 품고 평생을 살아간다.

빠지면 답 없는 유죄 인간

친한 사람의 기준이 높고,
독립적인 성향의 INFJ는 딱히 사람을 필요로 하지 않는다.
친해지는 것도 선이 있어 어느 정도 이상은 힘들다.

그런데도 그들 주위에 사람이 모이는 건
좋은 리스너라 잘 들어주고
섬세하게 배려해주는 성정 탓이다.

언제나 남을 편하게 해주려고 노력한다.
친절하고 자존감 높이는 말을 해주고,
사람의 장점을 잘 캐치해서 칭찬해준다.

중요한 건
이런 것들을 모든 사람한테 한다는 점.
오해받기 십상이다.

마음의 기준선

우리는 인간관계에서 상처를 입기도,
누군가에게 상처를 주기도 한다.
그렇다 보니 자연스럽게 스스로를 보호하기 위해
마음의 기준선을 세우게 된다.

어찌 보면 기준선은 마음을 지키고
상처를 최소화하기 위한 필수 요소다.
주변 사람들을 관찰하고 자신만의 기준으로 다른 사람들을 구분한다.
이러한 행동은 때로는 마치 품질 관리사가 제품을 검열하듯
관계를 관리하려는 것처럼 보일 수 있다.

그러나 근본적인 이유는
깐깐하거나 방어적인 사람이어서가 아니라
타인을 진심으로 믿었던 사람이었기 때문일 것이다.

누군가에게 진심으로 마음을 열었다가 상처 받았고,
그 아픔이 너무나도 커서
스스로를 지키려 노력하게 된 결과물이다.

정말로 그들이 원하는 것은
선을 긋고 사람을 구분 짓는 게 아니다.
누군가가 그 기준선을 넘어와
그들을 있는 그대로 이해해주고,
다가와주는 것일지도 모른다.

친밀도에 따른 대화 내용

아는 사람
- 보통 얘기를 들어주는 포지션
- 리액션 위주, 안부
- 날씨나 뉴스 등 표면적인 얘기
- 대화를 하기 위한 대화

그냥 친구
- 그 사람이 필요한 말을 해줌
- 일상적인 이야기
- 분위기 살리려고 하는 말
- 상대방에 초점을 두고 얘기함

친한 친구
- 웃긴 얘기나 개그
- 다정함 탑재
- 자기 생각 일부 공유
- 냉정하지만 필요한 조언

내 사람이나 애정하는 사람

– '만약에'로 시작하는 상상의 나래

– 철학적인 얘기나 이상한 개그

– 숨겨왔던 감정들과 생각

– 침묵하고 있어도 안 어색해함

누구에게나 보여주는 모습은 없다

프라이버시는 누구에게나 중요하다.
친한 사이여도 내가 보여주고 싶은 면이 있는 것처럼,
사람들에게 보여주는 모습이
가짜는 아니어도, 전부는 아닐 가능성이 크다.

누군가에겐 친절한 모습만 보여주기도 하고
누군가에겐 웃긴 모습만 보여주기도 한다.

상대가 이해할 수 있는 범위나
보기 원하는 모습, 친밀도에 따라 나누어진다.

상대가 기억하는 모습은 일부인 경우가 아주 많다.
그래서 사람마다 기억하는 이미지가 다른 걸지도 모른다.

자신의 아픔은 숨기고
남을 위로하는 INFJ

"많이 힘들었겠다…. 난 괜찮아!"

사랑을 자각했을 때

자각하면 갑자기 너무 부끄럽고
비밀을 들킨 듯한 기분에 휩싸인다.

평소처럼 행동해야 한단 강박이 생기고
안 들키려 뚝딱거리다가 거리를 두게 된다.

물론 거리는 두지만, 멀어지진 않는다.
그 사람을 관찰하고 모든 정보를 조사한다.
항상 곁눈질로 그 사람을 몰래 쳐다본다.

필요한 걸 챙겨주거나,
우연을 가장한 만남으로 마주치고 싶어 한다.

약간 슬픈 건 크게 티는 안 내서
상대는 잘 모른다는 거.
그래서 오랜 시간 짝사랑하기도 한다.

INFJ가 싫어하는 사람

남 신경 안 쓰고 멋대로 행동하는 사람.
약속 안 잡고 갑자기 찾아오는 사람.
강약약강인 사람.
감정 기복 심하고 표출하는 사람.
필터링 없이 말하는 사람.
내로남불.
자신에게만 관대한 사람.
공감 능력 없는 사람.

사실 극단적으로 반대인 성향이 싫다.

친해졌다는 증거

갑자기 퍼주거나 도와주고 챙겨준다면,
그건 INFJ와 친해졌다는 증거다.

INFJ는 호감 없이 장난을 먼저 치지도,
용건 없는데 선톡을 하지도 않는다.

만약 먼저 만나자고 약속을 잡고
자기의 TMI를 쫑알쫑알 말한다면,

당신 일에 본인 일처럼 화내고 공감하고
항상 당신의 기분을 살피고 보살핀다면,
당신을 소중하게 여긴다는 증거다.

애정을 당연하게 생각한다면

모든 사람과 두루두루 잘 지내지만
의외로 진짜 친한 친구는 많지 않다.

바운더리 안에 있는 사람에게만
시간과 애정을 투자하는데,

선택과 집중을 잘하는 편이라
상대방이 그 애정을 당연한 줄 알면
바운더리 바깥으로 쫓아낸다.

INFJ의 자기 전

항상 돌려서 말하는 이유

"이렇게 하는 건 어떨까?"라고
같은 말도 조심스레 하는 사람들이 있다.

타인에 대한 뛰어난 공감 능력과
이해 능력을 가졌기 때문이다.
그렇기에 자신의 말이 상대에게 어떻게 들릴지
충분히 생각하고 말을 내뱉는다.

섣부른 충고나 조언은 때로는 상처가 되는 걸 알기에
쉽게 말을 못 뱉고, 또 직설적으로 말하지 못한다.

그런데 직설적으로 대놓고 말한다면
정말 친하거나 꼭 필요한 말일 경우이다.
새겨듣도록!

마음을 열지 않는 이유

나를 정말로 이해해줄 사람이 있을까?
마음을 열었을 때 상처받는 것이 두렵다.
차라리 혼자가 속 편하다.

내 생각을 솔직하게 말했을 때
주변인의 부정적인 반응을 겪는다면,
빠른 눈치 탓에 이런 반응들이 더 크게 각인된다.
물론 모두가 그런 건 아니지만.

사실은 누군가에게 이해받고 싶은 욕구가 크지만
기대가 실망이 되기에 기대조차 안 하게 된다.

조심스럽게 다가가기

INFJ는 길고양이와 같다.
경계심도 상처도 잔뜩이다.

조심스럽게 천천히 다가가되
또 꾸준한 애정을 보여줘야한다.

갑작스럽게 다가가면 도망가기 십상.
오히려 차근차근 공을 들이면
어느샌가 마음을 열고 모든 사랑을 주고
남들에게는 보이지 않던 자신의 모습도 보여준다.

INFJ 마음의 벽이 두꺼운 이유

나는 혼자가 편해

그래도 가끔 내 생각과
감정을 공유하고 싶어

으억!

사람들의 편견과
냉담한 반응

다신 안 해야지^^

별로일 때 쓰는 말

좀 특이하신 분이네요.

: 이상한 사람이네.

나랑은 다른 사람이니까.

: 나랑 안 맞지만 이해해보려 노력 중.

그분은 예의가 좀 없으신 분 같아요.

: 무개념이신 듯, 미친놈인가?

어쩔 수 없죠, 괜찮아요.

: 어쩌겠어, 내가 참아야지.

뭐 네가 알아서 하는 거지.

: 난 할 만큼 했어. 네 인생이니 알아서 해라.

INFJ를 위로하는 법

누군가를 위로하는 가장 좋은 방법은
때로는 만남이나 조언보다
시간을 주는 것일지도 모른다.

마음이 준비될 때까지 기다려주고
가끔씩 안부를 물어주며
너를 걱정하는 사람이 여기 있다고 알려주는 것.

그들이 혼자만의 시간을 끝내고 나왔을 때
조용히 토닥여주고 말없이 들어주며 지지하는 것.
그런 것들이 가끔은 가장 큰 위로가 된다.

세상에 어떤 순간에도 '네 편'이 있다는 걸
알려주는 신호가 되니 말이다.

도어슬램의 진실

INFJ가 도어슬램(차단)을 한다고 소문났지만
실제로는 그런 경우가 매우 희귀하다.
웬만해선 그런 일이 없고 거의 다 넘어가준다.
그리고 수많은 기회를 준다.

'그럴 수 있지', '저 사람은 나랑 다르니까'
라는 생각이 항상 기저에 깔려 있어서
이상한 사람도 이해하려고 한다.

절교하거나 도어슬램까지 갈 정도면
다른 사람들은 이미 그 사람과 멀어졌을 확률이 높다.

INFJ는 갈등 상태를 이어가는 걸
끔찍하게 싫어해서
그런 관계가 지속될 바에야 스스로 사라지는 것.

차단은 스스로 보호하기 위한
마지막의 마지막 수단인 셈이다.
멀어졌다면 스스로를 돌아보는 게 어떨까.

인간관계라는 활주로

인간관계는 공항과 같다.
로비까진 누구에게나 열려 있고 쉽게 들어올 수 있다.
하지만 티켓이 없으면 비행기에 탑승할 수 없다.
티켓은 기본적인 '예의'와 '됨됨이'일 것이다.

티켓이 있어도 검색대를 통과해야 하고,
자격 없는 사람에게도 친절하지만 출입이 제한된다.
비행기 탑승 고객도 문제 발생시 탑승이 금지된다.

관계라는 비행은 결국
끊임없는 상호 '이해'와 '배려'가 필요하다.

INFJ 마음의 문

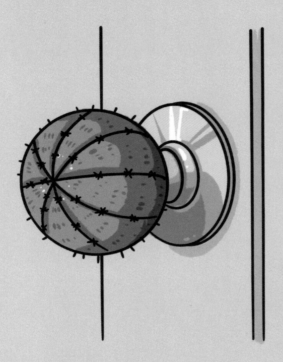

●●: 사람들에게 마음을 열어보세요.

INFJ: 네? 저는 이미 열려 있는데요?

이런 사람 찾기 힘들다

같이 있으면 편한 옷으로 갈아입은듯
안락함을 주는 사람이 있다.
공통점을 잘 살펴보면
'태도'가 부드러우면서도 분명한 사람들이었다.

상대가 마음 상하지 않게 생각하고 말하며
'그러려니' 하는 마음을 가지고 있으며
도덕적이고 신뢰할 수 있는 사람이다.
그럼에도 자신의 생각을 분명히 말할 줄
아는 사람이기에 편안함을 준다.

그런 사람이 흔치 않기에
오래 마음속에 기억되는지도 모르겠다.

사회적 가면

어떤 자리에 있을 때
어울리는 역할을 생각하고 만들어낸다.
원래의 성격으로 한계가 있다면
그것에 맞는 내 모습을 만든다.

내가 하고 싶은 직업이나 자리뿐 아니라
상대에 따라서도 다른 모습을 보여준다.
누구보다 그 '역할'을 잘해내고 싶다.

사회생활에서도 눈치껏 분위기에 맞추고 싶어
다른 성격을 보이려고 노력한다.

주변 사람들이 내 진짜 성격을 잘 모르거나
들으면 매우 의외라 생각하기도 한다.
사회 속에서 잘 살아가고 싶은 노력의 결과물이다.

사람 많은 곳을 꺼리는 이유

사람들과 연결감을 느끼고 싶은 갈망이 있지만
그 관계들이 에너지를 고갈시킨다.
사람 하나 하나에 너무 많이 신경 쓰기 때문일까?

소통하고 싶으면서도 혼자 있고 싶은
아이러니한 감정에 스스로도 혼란을 느낀다.
많은 사람들이 모이는 모임보다는
친한 몇몇 사람들과의 시간을 보내는 이유도
이 때문일 것이다.

공감 능력 부동의 1위

느끼고 싶지 않아도
강제로 공감이 된다.
남들이 힘들면 내 감정처럼 괴로워서
남을 돕게 된다.

스스로 착하지 않다고 생각하는 이유도
도와주고 싶다기보단
내가 괴로우니까 어쩔 수 없이 돕는 거라
선의로 한 건 아니라고 생각한다.

사람들과 잘 지내는 이유이기도 하지만,
사람들과 같이 있으면 힘든 이유이기도 하다.

남들에겐 즐거운 모임도
나에겐 감정노동이 되어버린다.

누가 내 공감 능력 좀 가져가요.

연락하기 귀찮은 게 아니야

카톡을 하면 어쩐지
빨리 끝내야 될 것 같은 압박감이 있다.
상대의 시간을 뺏는 게 부담스럽기 때문.

연락하는 것만으로도
신경이 많이 쓰이고 에너지가 뺏긴다.

그래서 좋아하는 사람들 빼고는
대부분 알림을 꺼두고 여유가 생길 때 본다.

물론 좋아하는 사람들 카톡이나
비즈니스 연락은 칼답한다.
하지만 적극적으로 칼답하는 건
진짜 좋아하는 사람에게만이다.

INFJ 사랑의 시작

자기만의 기준이 명확하고
생각도 많아서 시작하기 어렵고 까다롭다.
그런데 자기만의 기준이 명확해서
남들이 통상적으로 거르는 기준을
생각보다 쉽게 허용하기도 한다.

INFJ는 본심을 가장 중요하게 생각해서
상대의 본성이 착하면
겉으로 드러나는 행동쯤은 이해하고 넘겨버린다.
이런 기준은 남들이 보는
사회적 기준과 다르기도 하다.

INFJ의 연애는 내 사람이라는 기준선이 중요한데,
'썸'인 사람은 아직 엄청나게 경계하지만
'애인'이 되어버리면 경계가 해제된다.
그래서 썸인지 사귀는 건지 명확하게 하려 한다.

연인에게 끊임없는 지지와 배려, 사랑을 주고
그 사람이 스스로 모르는 장점도 찾아준다.
연인에게 온전히 이해받기를 원하고
배려와 사랑의 감정을 받고 싶다.

정이 너무 많은 성격이라,
정들기 전에 아닌 사람은 빠르게 쳐낸다.
그래서 연애 초반엔 은근슬쩍
그 사람의 본성을 알아내기 위한 질문을 많이 한다.

만약 INFJ 연인이 뜬금없이 엉뚱한 질문을 한다면
아무 생각 없이 하는 게 아니라 테스트 중인 것.

INFJ 사랑의 끝

정이 들어버리면 그 사람에게 모든 걸 쏟는다.
혹여 잘못된 행동을 하더라도 참고 넘어간다.

그래서 처음과 다른 사람이 너무 싫다.
힘들게 마음을 열고 모든 걸 줬는데,
상대가 변해버리면 큰 상처가 되니까.
신중해서 감정을 다 표현하지 못하고
괜한 속앓이도 많이 한다.

변치 않는 소나무처럼 오래도록 사랑을 주기를 원한다.
상대가 잘못된 행동을 해도 계속 참고 이해하지만,
한편으론 한 발자국씩 멀어지려고 애쓰기도 한다.

수많은 기회와 배려를 줘도
결국 이별을 하게 되면 바로 돌아서는 편이다.
미련이 없어서가 아니라
오랜 시간 동안 한 발자국씩
마음의 준비를 해왔기 때문이다.

헤어지면 뒤도 안 돌아볼 만큼 냉혹해 보이지만
속으로는 엄청난 치명상을 입는다.
사랑을 항상 원하지만, 그만큼 상처를 크게 받기에
사랑이 두려운 것이기도 하다.

'그런 사람'이라는 가면

당연하듯 남을 돕는 것은
한편으론 나 자신을 돕는 것일지도 모른다.

내가 힘들 때 누군가 나처럼 말하지 않아도 알고
당연하듯 도와줬다면 어땠을까?
이런 생각으로 가득 찰 때면
과거에 받지 못했던 위로를 남에게 건넨다.

벽이 많은 건 사실
마음속 알맹이가 무시무시해서도
끔찍해서도 아닌
한없이 순수하고 여렸기에.
상처받기 무서워 벽을 세운 것이다.

내 사람들에게 항상 궁금하다.
나는 생각보다 그리 착한 사람도
좋은 사람도 아닌데

내가 그런 사람이 아니어도
나를 좋아해줄까?

남들이 본 INFJ

그들은 마치 타인의 영혼에
맞춤형 열쇠를 지닌 듯,
상대방의 마음의 문을 조심스레 두드린다.

그들의 대화는 상대의 관심사를 중심으로 펼쳐지며
그 속에서 따스한 관심과 세심한 배려가 꽃피운다.
이러한 섬세함은 아마도
그들이 가진 깊은 공감 능력 덕분일 것이다.

하지만 가끔 그들은 너무나도 쉽게 상처받는다.
아주 작은 불편함에도 순식간에 기운이 빠지고,
갈등 앞에서는 그저 자신의 안식처로 돌아가길 원한다.

그들은 남의 아픔은 귀신같이 눈치채
위로의 손길을 내밀지만,
자신의 슬픔은 깊은 곳에 감추고
혼자서 그 무게를 짊어진다.

그들의 존재는 마치 겨울 햇살과 같아서
가까이에서는 그 따스함에 녹아들지만,
한 걸음 물러서면
그 차가운 공기가 그들을 둘러싸고 있다.

INFJ에게 도움이란

도움 필요하면 얘기해!

음… 아니야 혼자 해볼게 ^^

도와달라 못하고 혼자 하는 중

남들은 잘 모르는 나

INFJ는 강한 책임감을 가진 사람들이다.
이들은 자신의 문제를 다른 이에게 의존하기보다는
스스로 해결하고자 하는 강한 의지를 보인다.

그들은 도움을 요청하기 전에 심사숙고하게 되고,
심지어 도움을 받은 후에도 그 사실이 마음에 남아 부담을 느낀다.
이는 '도움을 요청하느니 혼자 해결하는 것이 낫다'는
독립적인 사고방식으로 이어진다.

INFJ들은 스스로의 길을 개척하고,
자신만의 길을 걷는 능력이 있다.
그러나 이들은 항상 강해야 한다는 부담감과
모든 것을 혼자 해결해야 한다는 생각에
자신을 지치게 할 위험이 있다.

강한 책임감과 독립심이 있기에 그들이 빛나는 건 사실이다.
하지만 너무 혹사하거나 몰아붙이지 않는 것도 중요하다.
자신에게도 가끔은 친절을 베풀어 짐을 내려놓는 태도도 필요하다.

남들이 본 INFJ의 장점

INFJ는 그저 있음으로써 안정을 주는 사람이다.
반응이 과하지도, 부족하지도 않은 적절함이 있어
마치 섬세함이란 것이 이런 것임을 알려주는 듯하다.

상대의 불안을 차분히 기다려주고,
말하지 않아도 내 마음을 알아채고 위로를 건넨다.
상대방과 발을 맞추면서도 자신의 속도를 잃지 않았고
타인의 장점을 발견하려 애쓰곤 한다.

나이를 먹어도 그 순수함과 친근함은 변하지 않아
진지한 태도 뒤에 숨겨진 허당기가 때론 웃음을 자아낸다.
꽃처럼 자신을 뽐내거나 내세우지 않았지만
바람과도 같은 그 은은함과 살랑거림으로
지친 마음을 환기시켜주는 사람들이다.

안 틀면 그만일까

추운 날 적당한 온도의 온수를 틀려고
이리저리 맞추며 애쓰는 것이
꼭 인간관계 같다.

너무 뜨거우면 데고
너무 차가우면 춥고

화상도 동상도 아닌
적당한 온기를 주는
인간관계는 너무나도 어렵다.

스스로 토닥토닥

작년 이맘때 일기를 봤다.
그 페이지들 사이에서
방금까지 했던 고민을
고스란히 하고 있어 헛웃음이 났다.

다행인 건 그나마 조금은 개선됐다는 거?
그래도 여전히 현재진행형으로
발버둥 치는 고민이 많더라.

더 발전하고 싶고
멋있게 살고 싶고
사랑받고 싶은 그 모든 마음들이
언제나 똑같이 찾아온다.

그럼에도 그 발버둥이
무의미하지는 않기에,
스스로 미워하기보단
앞으로 나아가려 애쓰는 나를
다독이는 매일을 보내야지.

INFJ를 행복하게 하는 것

예쁜 소품들

책과 글쓰기

은은한 무드등

마음이 담긴 편지

계획표

멋진 사진

향이 좋은 커피

귀여운 동물

어디론가 떠나는 여행

Part 3.

가장 위로하고 싶은 건 나였어

F와 T의 만남

성숙한 사고형(T)과 감정형(F)이 만나면
사고형은 말랑해지고 견문이 넓어지며
감정형은 단단해지고 중심을 잘 잡게 된다.

서로 다른 사람들이 만난다는 건
새로운 세상을 배우는 기회를 잡는 것이다.

인간관계 속 고독

모임에서 웃고 리액션은 하지만,
그저 앉아만 있을 뿐
그 모임에서 유대감을 느끼진 못한다.

사람들과 거리를 두고
혼자 쉬고 싶다는 충동을 느낀다.
남들처럼 어울리지 못하는 자신도 싫고
그렇다고 또 사람들을 무시하지 못하는 자신도 싫다.

그런 생각에 어느새 마음이 고독해
사람들 속에 있는데도 외로움을 느낀다.

INFJ의 위로법

F 중 T성향이 강한 편인 INFJ는 위로할 때도
F와 T식 위로를 동시에 한다.

"나 머리 아파."라고
누군가 말한다면,

"헐… 괜찮아? 많이 아파? 약은?"
"병원은 가봤니? 걱정이네…."

이런 식으로 선 위로 후 방법을 제시하는 편.

타인을 이해하는 건 능력

사람을 싫어해도 주변을 돕는 것처럼
양극단의 마음가짐을 가지는 이유는 의외로 간단하다.
'타인을 이해하는 능력이 뛰어나서'이다.

알기 싫어도 타인이 왜 저렇게 행동하는지
심리를 자동으로 파악하게 돼서
그 사람의 이기심도 보이지만,

한편으론 그런 이기심이 왜 생겼는지
아픈 구석도 알게 되니깐
이해도 해주는 것.

이렇게 타인이 이해되고
감정까지 강제 공감되니
어쩔 수 없이 타인을 돕게 되는데,
그게 너무 피곤하고 힘들어서 혼자 있고 싶다.
세상으로부터 멀어지고 싶을지도.

간단한 걸 물었을 때 INFJ 머릿속

알고 보면 수다쟁이

알고 보면 수다스럽다.
단지 내 사람 한정일 뿐.

생각도 많은 데다 깊이 파고들기를 좋아해서
고삐가 풀리면 정말 할 말이 끝도 없다.
또 이해받고 소통하고 싶어 하는 욕구도 큰 편.

단지 말을 내뱉고 나서 후회가 많고
생각이 많아 말을 가릴 뿐이다.
그래서 자신의 사람들에게만
그 수다스러움을 보인다.

혼자만의 공간

삶은 종종 감정의 파도로 에워싸인다.
주변에서 밀려오는 감정적인 자극과
일상의 소음은 우리를 예민하게 만들고
때로는 나 자신을 잊게 할 때도 있다.

혼자만의 공간이 필요하다는 신호다.
그 공간에서 감정을 정리하며,
감정의 바다에서 떠내려온 파도를 차분하게
스스로를 다독여줘야 한다.

주변의 소음과 감정적인 혼란에서 벗어나면,
우리는 상황을 객관적으로 바라보고,
자신과 진정한 대화를 나눌 수 있게 된다.

그러므로 소음에 치이는 날이면,
나와의 시간을 가져보자.
그곳에서 우리를 다시 찾을 수 있다.

특별한 모순

INFJ는 미묘한 모순을 안고 산다.
상상력이 풍부하고 자유로운 사고를 지녔지만,
그와 동시에 모든 것을 판단하고
계획하려는 통제력도 가지고 있다.

이러한 성향은 그들의 사고방식을
남들이 이해하기 어렵게 만든다.
독특한 사고방식 때문에 생각도, 고민도 많다.

자유로운 사고와 통제하려는 성향은
때론 그들 내부에서 갈등을 일으킨다.
물론 생각을 정리하려 애쓰지만,
그럴수록 생각이 뒤엉킨다.

어쩌면 그들의 특별함은
모순된 사고방식에서 비롯된 것일지도.

선을 넘지 않는 이해

나를 알아주고 이해해주길 바라지만
간파당하는 건 싫다.

자신이 보여주는 정보 이상으로
나를 파악하고 파헤치려 하면 부담스러워한다.
미묘하지만 남들은 모르는 아주 큰 차이다.

알아달라는 건 아니고

INFJ가 힘든 일을 말하는 건
보통 두 가지 경우다.

첫 번째는 그 힘든 일을 혼자 견디고 나서
괜찮아졌을 때 모험담처럼 말하는 경우고,

두 번째는 정말로 혼자 견디기엔 너무 힘들어서
자신이 믿는 사람들에게
지푸라기 잡듯 말하는 경우다.

INFJ의 칭찬

네가 한 거라고?

대단하다

너 정말 멋져

존경스럽다

다른 사람을 칭찬할 때 INFJ

자신에 관한 칭찬 들을 때 INFJ

마음을 건강하게 하는 법

좋은 말을 뱉는 건
좋은 음식을 먹고 운동을 하는 것과 같다.

나쁜 말을 하는 건
술과 담배와 같이 서서히 몸을 병들게 한다.

그런데 아이러니하게도 사람들이
가장 나쁜 말을 많이 하는 상대는 바로
'나 자신'과 '나와 가까운 사람들'이다.

"난 왜 이럴까."
"엄마가 뭘 안다고 그래."
"그냥 내가 알아서 할게."
"진짜 내가 싫다. 나 왜 이러냐?"

이런 말들은 눈에 보이지 않지만
서서히 마음을 병들게 한다.

"고마워."

"그랬구나."

"진짜 최고야."

"네가 고생이 많았네."

"잘했다."

"수고했어, 오늘도."

이런 말들은 마음을 건강하게 한다.

스스로 너그러워지기

갓생이 유행하며
바른 식습관과 운동의 중요성이 강조되고 있지만,

아직 마음의 건강을 기르는 법은
많은 사람이 모르고 있다.

건강한 몸을 만들듯
마음도 건강하게 키워야 하는데
그 수단이 바로 '말'이다.

서로를 이해하고 따뜻한 말을 건네며
감사함을 드러내고 사랑을 표현하는 것

스스로 칭찬의 말을 해주는 것이
마음을 건강하게 키운다.

짝사랑은 숨바꼭질

짝사랑은 마치 숨바꼭질 같다.
들키긴 싫고, 숨기기엔 가슴이 두근대는
이중적인 마음이 서로를 다투며
눈길은 어쩔 수 없이 그를 향한다.

마음속 깊은 곳에서는 그의 생각으로 가득 차 있으면서도
그 앞에만 서면 마치 아무 일도 아닌 것처럼,
모르는 척, 아무렇지도 않은 척 연기해야만 한다.

눈빛 하나, 미소 하나에 하루가 행복해지기도 하고,
한없이 초라해지기도 한다.
들키고 싶지만 동시에 죽어도 들키고 싶지 않은
복잡한 감정의 모든 것이 짝사랑이다.

INFJ 내면에 있는 모습

냉정하고
개인주의적이야
사람이 싫어

생각이 너무 많아
나도 날
잘 모르겠어

난 좀 엉뚱하고
사차원이야
웃기고 싶어

불안하고 고독해
어두운 내면이야

"우리 모두 INFJ"

페르소나를 벗더라도

사람에 대한 통찰력이 뛰어난 INFJ는
항상 사람을 관찰하고 상대에게 맞춰주기 위해
사회적 가면(페르소나)을 쓰고 산다.

타인에게 맞추느라 자신의 감정을
숨기고 사는 게 익숙한 사람들이다.

하지만 한편으론 가면을 쓰지 않아도
있는 그대로의 자신을 바라봐주고 수용해주며
사랑해주는 사람이 나타나길 바란다.

가면 속의 내가
착하지 않고 상처가 많더라도
불완전한 모습을 드러내더라도

'나' 자체를 그냥 사랑해주길
바라는 것이다.

인생이 조금 행복해지는 순간

산책로에서 마주 오는 강아지의 발걸음을 볼 때.
맛있는 커피 맛집을 발견했을 때.
새로 빤 보송보송한 이불에 누웠을 때.

아름다운 하늘을 사진으로 남길 때.
키우는 식물에서 새로 난 새싹을 볼 때.
대청소한 집을 뿌듯하게 바라볼 때.
땀 흘리고 시원한 물을 마실 때.

새로 산 책 냄새를 맡을 때.
좋은 음악을 우연히 발견했을 때.
오랜만에 엄마가 차려준 집밥을 먹을 때.

이유 있는 건넴

어느 날 INFJ가 먼저 다가와 친절하게 웃으며
이것저것 당신에 관해 물어보면서
이야기를 들어준다면

높은 확률로 당신이
너무 힘들어 보여서이다.

일상 속에서 마주하는 스트레스와 고단함은
몸짓이나 표정에 무의식적으로 드러난다.
그리고 그런 모습을 눈치챈 INFJ는
조용히 당신에게 손을 내밀기도 한다.

스트레스가 한계인 게 보여서
그저 지켜보기만 하는 것이 아니라,
가능한 방법으로 돕는다.
이유 없이 손을 건네는 이는 없다.

완벽하지 않은 나

내가 진정으로 갈망하는 사람은
내가 아등바등 노력하지 않아도
착하지 않고 좀 이상하고 상처가 많아도

완벽하지 않은 나여도
내가 그리 괜찮은 사람이 아니어도
날것 그대로의 내 모습까지 사랑하고
변함없이 좋아해주며

같이 어린아이 같은 대화를 하며
즐겁게 할 수 있는 사람이다.

배려의 의미

항상 남을 배려하고
친절을 베푸는 사람들 마음 속에는

"내가 배려하는 만큼
당신도 날 존중해주면 좋겠어요."

라는 무언의 메시지가 숨어 있다.

INFJ가 자려고 할 때

이제 자볼까

그런데 내일 약속이 몇 시지?

가스불은 껐나?

5시니까 2시에 일어나서…

그만 생각해

아 젠~장

INFJ가 좋아하는 사람

무엇이든 시간이 지나면 변하기 마련이다.
사랑이든 사람이든.
하지만 그렇기에 더욱
변치 않는 사랑을 꿈꾸는지도 모른다.

변하지 않는 사람을 항상 꿈꾼다.
마음의 벽이 높고 문을 여는 것이 어려워서
누군가를 마음의 경계선 안쪽으로 들이는 건
어렵고도 두려운 일이다.

그렇게 힘들게 누군가를 마음속에 들였는데
그 사람이 변해버린다면
상처는 너무 오래 깊이 남는다.

그래서 누구나 변하는 걸 알지만,
변치 않는 사람을 찾는다.

시간, 관심, 사랑

누군가를 좋아하면 챙겨주기 시작한다.
도와달라고 안 해도 도와주고
챙겨주고 걱정해주고 그 사람을 생각하고
돕는 데 많은 시간을 사용한다.

시간 낭비를 싫어하는 INFJ가
시간을 쓴다는 건
최고의 관심 표현이다.

INFJ의 연애 초기

연애 초기는 조심스럽다.
이 사람이 믿을 만한 사람인지
내 마음을 열어도 되는지
두렵고 걱정이 앞선다.

그래서 그 사람을 계속 관찰하고 살핀다.
그 사람을 관찰하며 서서히 스며드는 스타일.
이게 연애 초기의 미묘함일지 모른다.

INFJ의 연애 중기

연애 중기는 따뜻함이다.
탐색전이 끝나고 이제는 그 사람의 성향이나
좋아하는 것 싫어하는 것을 모두 파악한 상태이다.

그 사람을 항상 생각하고 배려하며 맞춰주게 된다.
상대가 행복하고 기뻐하는 게 나의 기쁨이 된다.

뜨겁지도 차갑지도 않은 따뜻한 온도로
상대를 이해하고 감싸고 지지한다.

INFJ의 연애 말기 上

연애 말기는 익숙한 편안함을 가진다.
자기 자신을 모두 보일 만큼 편해지고
잡다한 생각까지 모두 말한다.
애인 한정 수다쟁이가 되고 장난도 많아진다.

상대의 일이 내 일보다 중요시되고
그 사람이 내 인생의 한 부분이 된다.
변하지 않는 따뜻함으로 상대를 지지한다.

편안한 연애가 계속된다면
더 큰 미래를 꿈꾸기도 한다.

INFJ의 연애 말기 下

연애가 안정적이지 못하다면
이별을 결심하기도 한다.

내 사람 한정 흐린 눈을 하지만
상처와 충돌이 계속된다면
이별을 결심하기도 한다.

이별을 생각하면 큰 절망과 갈등에 휩싸인다.
"내가 좀 더 잘하면 상황이 바뀌지 않을까?"
개선하고 싶어 하고 스스로 책망하기도 한다.

또 힘들게 자신의 마음의 안쪽에 들였는데
상대와 이별을 해야 하는 것 자체가 매우 큰 고통이 된다.
이별을 하는 것은 자신의 살을 뜯기는 듯한 고통이 따른다.

그렇기에 이별을 앞둔 INFJ는
최선을 다해 상황을 개선하려 하고
한편으로는 마음의 상처를 덜기 위해
한 발짝씩 그 사람을 포기해가며 멀어질 준비를 한다.

INFJ의 뇌구조

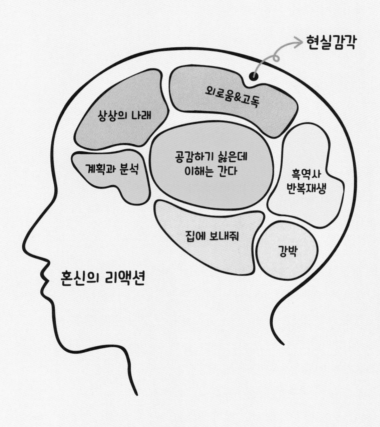

현실감각

상상의 나래

외로움&고독

계획과 분석

공감하기 싫은데
이해는 간다

흑역사
반복재생

집에 보내줘

강박

혼신의 리액션

사랑의 기준

자기만의 기준이 명확하고 생각도 많아
사랑을 시작하기 까다롭다.
그런데 자기만의 기준이 명확하기에
남들이 통상적으로 거르는 기준을
간과하고 이해하고 넘기기도 한다.

그중에서도 본심을 중요하게 생각하는 편인데
그 사람의 본심이 착하다면 겉으로 드러나는 행동은
이해하고 넘기기도 한다.

이래서 남들이 보는 사회적 기준과 다르며
한편으론 너그럽고 한편으론 깐깐하다.

발버둥 치는 것도 사랑일까

우아한 백조가
물밑에선 열심히 헤엄치듯
사랑은 그런 것이다.

겉으로는 평온해 보이지만
안에서는 엄청나게 발버둥 친다.

그 사람의 나에 대한 마음을 너무 알고 싶고
내가 좋아하는 만큼 그 사람도 날 좋아할까 걱정되고
뭐라도 더 도와주고 싶어서 살피게 된다.

상처받을까 봐 두렵고
이 마음이 상대에게 부담이 될까 숨긴다.

겉으로는 티 안 내고 속으로만 열심히
사랑하는 사람을 위해 발버둥 치는 것이다.

내 사람이 된다는 건

INFJ는 선이 분명한 사람들이다.
특히 연애할 때도 이 기준선이 명확한데
내 사람이냐 아니냐는 중요한 포인트다.

'썸'인지 '애인'인지의 경계가 중요하다.
'썸' 단계에선 그 사람을 경계하고
자신의 모습을 다 안 보여줄 수 있어도
'애인' 단계에선 그 경계심이 해제된다.

사실 내 사람이 되는 건
끝없는 믿음과 지지를 줄 사람이 된다는 것과 같다.

INFJ가 화낼 때

내가 한 번 참자…   말해봤자야…

내가 피해 볼 때 INFJ

어떤 놈이야?!

내 사람이 피해 볼 때 INFJ

자신을 온전히 이해받는 것

가면을 쓰고 살며 좋은 모습을 유지하는
얄팍한 겉모습이 아니라
조금은 이상하고 연약하고 복잡한 내면을
있는 그대로 받아들이고 사랑해주는 사람을 원한다.

내가 항상 상대를 이해하려 애쓰고
어떤 모습도 사랑하려 하는 것처럼
누군가는 온전히 이해해 주길 바란다.

내가 원하는 사랑은 사실
자신을 온전히 이해받는 것일지도 모른다.

있는 그대로 바라봐주기

연애 상대를 찾기까지 오랜 시간이 걸릴 수도 있다.
진실되게 자신을 사랑해주고
있는 그대로 바라봐주는 사람을 원하는데

이해관계가 얽힌 현대 사회에서는
이런 사랑을 찾기가 쉽지 않다.

영혼의 깊은 곳까지 이해받는 소울메이트를 찾지만
모두가 이렇게 진지하게 연애를 하는 건 아니기에
남들이 보기엔 기준이 높다고 느껴질 수도 있다.

어찌 보면 사랑에 대해 가장 순수하게 임하기에
가장 사랑을 어려워하는 유형이라 할 수 있다.

외로워도 혼자 있고 싶은 하루

보살핌과 사랑을 마음속으로 갈구하지만
혼자 있기를 자처하곤 한다.
아마 쉽게 지치기 때문일 테다.

과도한 공감 능력은 타인의 기분과 상태를
보고 싶지 않아도 보게 되고 무시하기도 힘들다.
게다가 스스로 겪는 그 미묘하고 다채로운
감정들을 표현하기도 어렵다.

위로받고 사랑받고 싶지만
누군가 기분이 상하지 않을까 걱정된다.

결국 혼자서 모든 걸 감당한다.
그렇기에 외롭고 사랑받고 싶지만
혼자 있게 되는 것이다.

관계 형성이 어려운 이유

때때로 관계를 형성하기 전
겁부터 먹고는 한다.

'마음을 열었는데 상처받으면 어쩌지?'
두려움은 다른 사람과 관계를 형성하는 데
어려움을 겪게 만드는 근본적인 이유다.

쓰리고 아픈 마음을 다독여줄 사람이 필요하다.
타인에겐 선뜻 위로와 격려를 주면서
사실 자신에게 가장 필요한걸 남에게 해주며
자신의 마음에 못 바른 연고를 바르는지도 모른다.

지나가는 말

예민한 사람들은 작은 것 하나도 잘 캐치하기에
상대의 말뿐만 아니라 작은 행동 하나에도 의미부여 한다.

지나가는 말조차 신경 쓰이고
괜한 말에도 상처받거나 자책하기도 한다.

자꾸만 곱씹고 생각하는 나를 원망도 해보지만,
그런 점을 티 내기도 어려워 속으로만 혼란스럽다.
그 누구도 쉽게 알아차리지 못하기에
그 속에서 스스로 이해하고 달래려 애쓴다.

INFJ가 상처받을 때

안 친한 사람이 상처 주려 할 때

친한 사람이 조금이라도 상처 줄 때

'이게 날 좋아하는 건가?'

먼저 다가가고 표현하는 게 어렵다.
이상하리만큼 좋아하는 사람에게
'안 좋아하는 척'을 하고는 한다.

나의 마음이 상대에게 부담을 줄까.
한편으론 마음을 알리는 게 무섭다.

오히려 관심 없는 상대에겐
굉장히 친절하고 다정한데
관심 있는 상대에겐 계속해서 삐거덕거린다.

각자의 사랑과 표현

보살핌은 때로 말보다 더 큰 사랑이 된다.
사랑하는 이의 안녕을 지켜보며,
그들이 좋아하는 것에 대해 곰곰이 생각하는 것,

상대방의 장점을 발견하려 애쓰고,
그들의 관심사가 나의 관심사가 되는 것.

은근하고 자연스러운 이런 모든 보살핌이
어찌 사랑이 아닐 수 있을까.

오늘도, 그리고 내일도!

"오늘도 고생했어.
내일은 더 좋은 하루일 거야!"

만약 그렇지 않다면
내일 다시 나에게 이 말을 건네자.

INFJ의 필수템

INFJ가 외출 시 꼭 가져가는 3가지가 있다
사회적 가면, 리액션 자판기, 주변 탐지기

사회적 가면

사회적 상황과 상대에 따라 대화 수준
텐션을 조정하는 '사회적 가면'

리액션 항시 대기ing…

리액션 자판기

상대방의 말을 경청하고 최선의 반응
을 하기 위한 '리액션 자판기'

주변 탐지기

(안 보는 척하지만) 주변을 항상
민감하게 탐지하고 있는 '주변 탐지기'

하하…
벌써 집 가고 싶다…

INFJ는 이 3가지를 항상 켜놓기 때문에
밖에 나가면 가만히 있어도 기가 빨린다

나도 나를 잘 모르겠지만,
그 자체로 충분해

2024년 3월 13일 초판 1쇄 발행

지은이 나모
펴낸이 박시형, 최세현

책임편집 류지혜 **디자인** 진미나
마케팅 권금숙, 양근모, 양봉호 **온라인홍보팀** 최혜빈, 신하은, 현나래
디지털콘텐츠 최은정, 김혜정 **해외기획** 우정민, 배혜림
경영지원 홍성택, 강신우, 이윤재 **제작** 이진영
펴낸곳 비에이블 **출판신고** 2006년 9월 25일 제406-2006-000210호
주소 서울시 마포구 월드컵북로 396 누리꿈스퀘어 비즈니스타워 18층
전화 02-6712-9800 **팩스** 02-6712-9810 **이메일** info@smpk.kr

ⓒ 나모 (저작권자와 맺은 특약에 따라 검인을 생략합니다)
ISBN 979-11-6534-886-1 (03810)

· 이 책은 저작권법에 따라 보호받는 저작물이므로 무단전재와 무단복제를 금지하며, 이 책 내용의 전부
  또는 일부를 이용하려면 반드시 저작권자와 (주)쌤앤파커스의 서면동의를 받아야 합니다.
· 잘못된 책은 구입하신 서점에서 바꿔드립니다.
· 책값은 뒤표지에 있습니다.
· 비에이블은 (주)쌤앤파커스의 브랜드입니다.

쌤앤파커스(Sam&Parkers)는 독자 여러분의 책에 관한 아이디어와 원고 투고를 설레는 마음으로 기다리
고 있습니다. 책으로 엮기를 원하는 아이디어가 있으신 분은 이메일 book@smpk.kr로 간단한 개요와 취
지, 연락처 등을 보내주세요. 머뭇거리지 말고 문을 두드리세요. 길이 열립니다.